L'univers de Charles B.

Tome 1

François Tardif

Illustrations : Marie Blanchard
Conception graphique et mise en pages : Marie Blanchard
Consultation : Lucie Poulin-Mackey
Révision : Anik Charbonneau et France Lorrain
Correction d'épreuves : François Morin

Imprimé au Canada

ISBN 978-2-89642-124-4

Dépôt légal — Bibliothèque et Archives nationales du Québec, 2008

Gouvernement du Québec — Programme de crédit d'impôt pour l'édition de livres — Gestion SODEC

Nous reconnaissons l'aide financière du gouvernement du Canada par l'entremise du Programme d'aide au développement de l'industrie de l'édition (PADIÉ) pour nos activités d'édition.

Canada

Visitez le site des Éditions Caractère
editionscaractere.com

Mon père et moi

Bonjour, je m'appelle Charles Bérubé! Je vous présente une personne très spéciale pour moi : mon père!

CASERNE
22

Mon père m'a invité à venir travailler avec lui aujourd'hui. FANTASTIQUE ! Je suis tellement énervé ! Ce matin, je me suis levé avant tout le monde. J'ai même fait le déjeuner.

J'ai sept ans et je me sens comme un grand. Aujourd'hui je vais travailler.

J'ai mon appareil photo. Je veux des souvenirs de notre journée.

Voici mon père. Il s'appelle Philippe. Il est pompier. Le bébé sur la photo, c'est moi.

Mon père est pompier à la caserne 22. La caserne c'est l'endroit où les pompiers travaillent. C'est dans cet édifice qu'il y a les gros camions rouges.

Mon père adore être pompier. Un jour, il a sauvé une vieille dame. Mon père a pris la dame dans ses bras. Ensuite, il l'a sortie par la fenêtre de sa maison. Il a aidé la dame à descendre par la grande échelle.

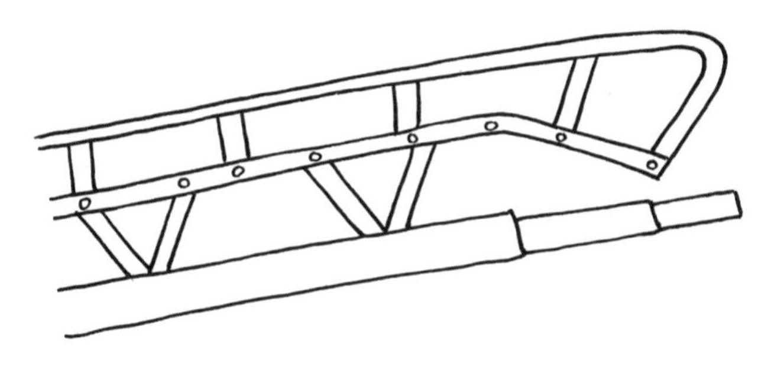

Pour être pompier, il ne faut pas avoir le vertige. Il faut être brave, très brave. Il faut aussi aimer rire. Un jour, mon père et ses amis pompiers ont sauvé un chat ! Un CHAT ? ? Il était grimpé en haut d'un vieil érable. Il ne voulait plus descendre.

Pour sauver le chat Mistigri, mon père est monté plus haut que la maison de madame Tremblay. Puis il est descendu avec le chat bien installé dans ses bras. Je le trouvais chanceux, le gros Mistigris.

Moi aussi je veux grimper dans l'échelle et sauver quelqu'un. Parfois, je ferme les yeux et j'imagine que je suis un vrai pompier. C'est moi qui conduis le camion de pompier. Vrroum ! Je fais beaucoup de bruit avec ma bouche. Je suis très bon pour imiter la sirène de pompier. Pin-pon ! Pin-pon !

Une autre fois, mon père a réussi à sauver l'épicerie qui brûlait. Quand mon père est arrivé à la maison, je ne dormais pas. Il était très, très fatigué. Il avait quand même gardé son sourire. Il aime beaucoup son travail.

* * *

Aujourd'hui, je vais l'observer pendant des heures. Youppi ! ! !

J'arrive à la caserne à 7 heures. Les pompiers me saluent. Je me sens comme un grand. Pour faire ce travail, il faut être trrr-rèèss calme ! Alors je suis trrrrèès calme.

Mon père travaille en équipe avec Daniel, Lucie, Maxime et Donald. Il y a aussi José, le capitaine de la caserne.

La caserne est très propre. Les pompiers sont fiers de leur travail et ils nettoient tout. Le camion rouge brille comme un trophée.

MAX
DAN
José

Les amis de mon père sourient quand je les regarde. Ils aiment rendre service. Mon père a vraiment de très bons amis.

La grande échelle est baissée. Cette échelle peut monter jusqu'à 30 mètres dans les airs. Est-ce que les nuages sont plus hauts que 30 mètres ?

José me fait visiter le centre d'appels. Quand une personne a besoin des pompiers, elle appelle le 9-1-1. Aussitôt, l'alerte est déclenchée dans la caserne. Les pompiers sont toujours prêts à partir pour sauver quelqu'un.

Pour le moment, tout est tranquille. José me dit que j'aurai peut-être des surprises aujourd'hui. Nous allons dans un grand local. Tous les habits de pompier sont accrochés aux murs. Wow! Le nom de chacun des pompiers est écrit en haut de leur casier. Comme à l'école!

À côté du casier de mon père, je peux lire mon nom. Hein? José ouvre « mon » casier et il me montre « mon » habit de pompier.

Je m'habille très vite, je mets mon casque. Papa me photographie. C'est le plus beau jour de ma vie.

J'ai vraiment hâte de montrer cette photo à mes amis. J'ai demandé à mon père de la prendre deux fois. Je ne voudrais pas que la photo soit ratée, sinon mes amis ne me croiront jamais.

CHARLES

Je continue ma visite de la caserne. Je glisse le long du poteau. Je m'entraîne comme un pompier. Il faut être très en forme pour faire ce travail. Lucie me montre comment utiliser un tapis roulant. Elle me permet même de l'essayer. J'ai chaud, mais je suis fier de moi ! J'ai couru deux kilomètres sans sortir de la caserne. C'est comique !

On termine la visite dans la cuisine de la caserne. Il y a une table et un réfrigérateur. Je peux boire tous les jus que je veux.

À travers la vitre de la cuisine, j'admire le camion et la grande échelle.

CHARLES

« Papa, pourquoi l'échelle est baissée ? » J'aurais tellement aimé monter dans l'échelle.

Soudain, on entend une longue sonnerie, puis une autre et encore une autre. On la la ! L'alerte est donnée. Je pense qu'il y a un feu quelque part. Je suis à la fois excité et un peu triste. Il y a peut-être une maison qui brûle. Mais le feu n'a qu'à bien se tenir : les pompiers de la caserne 22 sont prêts pour l'action.

Tous les pompiers s'habillent. Mon père m'aide à mettre mon habit et je m'installe avec lui dans le camion. Je crois rêver ! Je ne pensais pas suivre les pompiers. Mais, ils m'amènent vraiment avec eux.

Le camion sort de la caserne. Les sirènes hurlent. José applaudit, il dit que tout cela a pris 1 minute 22 secondes. Je suis dans un camion de pompier, habillé en pompier. Je suis nerveux, mais je suis très content. Quelque part, il y a un feu. On va peut-être sauver quelqu'un. Je suis prêt à y aller, car je suis un pompier.

Aussitôt sorti de la caserne, le camion s'arrête. Les amis de mon père sortent et me regardent en riant. Je ne comprends pas ce qui se passe. Je cherche le feu.

Le capitaine José fait monter l'échelle jusqu'au ciel. Il n'y a pourtant pas de feu. Et il n'y a pas de gens à sauver.

Soudain, je comprends. Les pompiers me font une surprise. Mon père me donne la main. Puis, il me fait grimper les barreaux de l'échelle un à un avec lui. À la dixième marche, je regarde en bas et tous les pompiers m'applaudissent. Ils ont réalisé mon rêve. Ils m'ont organisé une surprise. Et laissez-moi vous dire que c'était toute une surprise. Quelle belle journée !

Le reste de la journée a été très calme. Nous sommes restés à la caserne. J'ai compris pourquoi mon père était si heureux et si souriant. Il fait tous les jours un travail qu'il aime.

Voici la photo du plus beau jour de ma vie. D'en haut, on peut apercevoir toute la ville.

CHARLES
22

C’est décidé : plus tard je serai pompier.

FIN !

Mon meilleur ami et moi

Bonjour, je m'appelle Charles Bérubé! Je vous présente un gars très important pour moi : mon meilleur ami Alexis Larivière!

La première fois que j'ai vu Alexis Larivière, il était dans le petit parc derrière chez moi. Alexis se baladait en unicycle en jonglant avec trois œufs. Je me suis approché. Faire de l'unicycle, c'est difficile. Imagine avec des œufs dans les mains ! Pour moi, c'est IMPOSSIBLE ! Des œufs, c'est si fragile. J'étais hypnotisé. Quel champion !

Sans m'en rendre compte, je suis resté dans son chemin. Pauvre Alexis ! Pour m'éviter il a décidé de plonger sur l'herbe. Deux œufs sont tombés directement dans mes mains sans casser. Le troisième œuf s'est écrasé sur le front d'Alexis. Il a coulé partout sur lui, jusque dans sa bouche. Mon nouvel ami s'est relevé en riant. Il avait du jaune d'œuf entre les dents ! Il riait. Il n'était même pas fâché.

Des passants se sont mis à applaudir. Les gens ont pensé qu'on répétait vraiment un numéro de cirque. En riant, nous avons salué notre public ! On a ri comme des fous.

Le visage plein d'œufs, Alexis m'a serré la main.

« Je m'appelle Alexis Larivière !

— Moi, Charles Bérubé ! »

Alexis a dit à tout le monde :
« Vous venez d'assister à notre nouveau numéro de cirque ».

Il a sorti un mouchoir de sa poche pour essuyer son visage.

« Mmm, j'adore les œufs crus, assaisonnés aux brins d'herbe...

— ...et aux pissenlits », ai-je rajouté, en pointant, deux pissenlits collés sur son front.

Et là, on a encore éclaté de rire. Depuis ce jour, on est les meilleurs amis du monde.

Pourtant, nous sommes si différents.

Je suis calme; Alexis est une machine à paroles.

Je n'aime pas parler en public. Alexis, lui, a déjà chanté une chanson devant toute l'école.

Alexis n'est jamais nerveux. Moi je m'énerve toujours.

J'adore le camping, la nature, la pêche et le silence. Mon ami raffole de la grande ville. Il aime se promener au milieu des foules.

Je suis un gars assez prudent. Alexis est le plus casse-cou de la planète.

Nous sommes si différents, pourtant nous sommes toujours ensemble.

Pour Alexis, tout est possible. Il n'a peur de rien et a toujours de nouveaux défis à relever.

Nous sommes les meilleurs amis du monde. Et vous savez pourquoi ? Parce qu'on adore rire. Partout et toujours, on rit aux éclats. Parfois, on rit telle-

ment que j'ai mal au ventre. Hier, on a fait un concours de grimaces et j'ai ri pendant une heure. Alexis a imité un gorille qui mange des spaghettis. Ça m'a fait rire si fort que j'avais du mal à respirer.

Tout nous fait rire. Les pantalons de sa sœur, ma façon de parler quand je suis fatigué, les sonneries du téléphone cellulaire de sa mère... Tout est drôle pour nous.

Mais on ne fait pas que rigoler, on s'aide aussi. Alexis est un super sportif. Mais faire ses devoirs, c'est une autre histoire ! Il n'a pas le temps, ou il n'a pas le goût. Il a toujours une raison pour oublier ses leçons !

Sa dernière trouvaille, il l'exécute avec ses parents. Il suit des cours de pyramide humaine. Ils sont 14 ou 15 acrobates qui grimpent les uns sur les autres. Ils fabriquent ainsi des formes (un gratte-ciel, la Tour Eiffel, un pont, etc.). Alexis adore cela.

Alexis et moi sommes dans la même classe. Alexis dit toujours qu'il n'est pas bon et qu'il ne comprend rien. Le rêve de mon ami est de partir en voyage avec

ses parents. Il ne veut plus jamais revenir à l'école. Pour aider mon ami, je lui ai lancé un défi : s'intéresser à l'école ! Ouf… tout un défi pour Alexis.

« Charles, m'a-t-il dit, ce n'est pas moi le meilleur jongleur, c'est toi !

— Quoi ? Qu'est-ce que tu veux dire ?

— Tu es capable de comprendre les mathématiques, de faire une composition de français, de lire un message en anglais… ! Pour moi, tout ça se mélange. Je rate tout à l'école. Alors que toi tu es un acrobate des chiffres et des lettres !

Je fais tout pour aider mon ami à s'améliorer à l'école.

— Écoute, Alexis. Imagine que les mots et les chiffres sont tes balles de jonglerie. Reste concentré lorsque tu les choisis. Prends ton temps lorsque tu les utilises. Tu verras que tu peux y arriver.

— C'est une bonne idée.

— Il ne faut pas que tu prennes tous les mots en même temps. Tu dois faire comme avec tes balles. Une à la fois. Tu utiliseras les autres quand tu en auras besoin.

— C'est vraiment une bonne idée, Charles. Je vais essayer très fort de mieux jongler avec les mots et les chiffres.

En suivant mes conseils, Alexis a réussi à mieux travailler à l'école. En échange, il m'a montré à jongler avec deux balles. Pour l'instant, je jongle juste devant mon ami. Mais je m'améliore rapidement.

Mardi passé, j'ai accepté l'invitation d'Alexis. Ses parents montent un spectacle de cirque pour le début de l'été. Ils veulent que j'en fasse partie.

Mais il n'est pas question que je me présente sur la scène. Je vais devenir rouge comme une tomate et je vais tomber dans les pommes. Mais pour aider Alexis et l'école de ses parents, j'ai décidé de participer à ma façon. Je peux m'occuper de la musique ou des décors et des accessoires. Alexis veut vraiment que je fasse partie du spectacle. Mais moi, je préfère être en coulisses derrière la scène. Ses parents expliquent aux artistes les règles de sécurité pour faire partie d'une pyramide humaine. Je les regarde faire et je trouve cela tellement beau. Peut-être que je pourrais le faire ? Puis, je regarde les estrades vides. Elles seront remplies de gens lors du spectacle. Je suis aussitôt pris de panique et je change complètement d'idée. Je préfère aider aux changements de costumes. Ce sera beaucoup moins gênant pour moi.

Alexis est tellement habile. Il réussit presque tout du premier coup. Quand il est en haut de la pyramide, il me fait toujours une grimace pour me faire rire. Je lui dis de se concentrer pour ne pas tomber. S'il se blessait, le spectacle serait foutu, parce que c'est lui le meilleur. C'est lui qui grimpe le plus haut. Il ne doit pas tomber. Après la répétition, il vient me rejoindre en coulisses.

Il grimpe sur le dos d'une chaise en bois. Cric ! Crac ! Boum ! La chaise se brise et malheur, la cheville de mon ami aussi.

Mon ami va partir pour l'hôpital avec ses parents. Mais avant, il me demande une chose que je ne peux pas lui refuser : « Charles, tu es le plus petit du groupe. Les plus petits sont ceux qui vont le plus haut et que tout le monde regarde. Je ne pourrai pas aider mes parents pour ce spectacle. Ça fait des semaines que tu me regardes faire. Et tu es tellement habile. J'aimerais que ce soit toi qui me remplaces. »

Je ne sais pas ce qui m'est passé par la tête. Je sais encore moins si mes parents vont être d'accord… Mais j'ai dit « oui » !

Une semaine plus tard, je suis devenu acrobate comme mon meilleur ami. Alexis, la cheville dans le plâtre, joue mon rôle. Il aide les gens en coulisses.

Mes parents ont hésité avant d'accepter que je sois acrobate. Les parents d'Alexis les ont beaucoup rassurés, et finalement ils ont dit oui. Moi, ce qui me fait le plus peur, c'est d'être devant un si grand public. J'ai regretté plusieurs fois d'avoir accepté. Mais un ami, c'est un ami. Et je lui avais donné ma parole. Alors pour Alexis, j'ai décidé de le faire.

Ce matin, il m'a dit:

«Charles, je sais que tu as peur, que tu n'aimes pas être devant les gens. Tu n'es pas obligé de faire ça... tu as le droit de changer d'idée.

— Je te remercie, Alexis, mais je veux essayer.»

* * *

C'est le grand soir... Presque tous les élèves de mon école et leurs parents sont venus ! Avant d'entrer en scène, Alexis est venu me voir. Il m'a donné une bonne tape dans le dos. Ensuite, il m'a serré la main en me disant : « Tu es plus léger qu'un oiseau. Surtout, n'oublie pas que tout le monde rêve de voler. » Il m'a donné une autre petite tape dans le dos et il est parti.

Malgré ma nervosité, j'ai réussi à aller aussi haut qu'un oiseau. Ce soir, devant 350 personnes, moi, Charles Bérubé, j'ai fait l'acrobate. Curieusement, ça ne me gênait plus. Je me sentais comme Alexis. J'ai atterri parfaitement dans les bras de son père. J'ai vu les yeux de mon ami s'illuminer. La foule s'est mise à nous applaudir. Je me sentais si bien. Quelle soirée extraordinaire. Merci, Alexis !

L'amitié nous fait faire
de grandes choses.
Merci, mon ami !

FIN !